우리 모두의 마음속에 있는 詩人들에게

시와의 만남

초등학교

3학년 숙제로 낸 글이 교실 게시판에 걸렸다
5학년 소월 시집을 하드 커버가 닳도록 읽다
'부르다가 내가 죽을 이름이여' …

고등학교

도서반
서가를 자유 출입하는 특전
그리고 대입국어용으로 시를 분해해서 외우다
와사등, 봄은 고양이로소이다 심지어 오감도
'조선의 겨울'이란 시를 습작하다

대학

정기간행물실에서 문학잡지 문예지를 읽다
새해 첫날이면 각 일간지의 신춘문예 당선작을 읽다

이후

2007년 문학과 지성사의 "새로운 시인들을 찾아서" 강좌를 수강

http://blog.naver.com/blueinspiration
blueinspiration@naver.com

청색시대 － 靑色時代

청색시대 靑色時代

발행일 2016년 2월 25일 초판 1쇄

지은이 차현수

      blueinspiration@naver.com
      http://blog.naver.com/blueinspiration

펴낸곳 한스하우스
등록출판 2000년 3월 3일(제2-3033호)
주소 서울시 중구 마른내로 12길 6
전화 02)2275-1600
팩스 02)2275-1601
이메일 hhs6186@naver.com

ISBN 978-89-92440-33-2 03800

청색시대

차현수 시집

한스
하우스

청색시대 青色時代
(Periodo Azul : The Blue Period)

1

'한없이 투명에 가까운 블루'*

맑은 투명은 파란 음영을 띤다

고독은 푸른빛
슬픔색色도 투명하고 파랗다

죽음

관 밖에 서 있는 이들은 검은 상복
관 안에 누운 이의 푸르스름한 안색

죽음색色도
검은색보다는 푸른빛

아직 살아남은 자
희망 역시 파랗다

하늘은 언제나 프러시안 블루
코발트블루의 이스탄불 모스크
산토리니의 사파이어 블루

눈부시게 아름다운 우울함과
터무니없는 슬픔 모두 푸른색이다

짙은 어둠에 푸른빛이 돌고
검푸른 바다의 반사광은 파랗다

2

피카소의 청색시대

궁핍한 시절
예술혼은 젊은 전립선의 정액처럼 차오르고
반감과 빈곤은
푸른색으로 색깔 입는다

삶이라는 캔버스가
온통 푸른 염료와 안료로 채색된다

고독 슬픔 고통 죽음
그리고 산 자者의 희망까지도

삶이 내는
푸른빛은 우울하다가도 아름답다

피카소의 젊고 어린 4년이 온통 청색

3

로열블루색 잉크*로

나의 청색시대를 써 내려간다

나의 인생 색조는

단정한 퇴폐
멀리 못 가는 일탈
침울한 절제
기꺼운 소외

이들 액상 입자들이 파랗다
다른 색으로 덧칠을 해도
나의 심정心과 情의 바탕색은 청색

나의 자화상의 배경은 푸른빛

깊고 푸르고
단정하고 차갑다

단발적 슬픔과
그 슬픔들이 모인 멜랑콜리가 기본 색상

에로스 없는 형이상학적 동경의 색깔

칸딘스키*가
어두운 청색에서는 첼로 소리가
난다고 했다

걸음 느리고 야윈 푸른 말을 탄
나의 청색시대
이번 생 내내 계속된다

4

푸른 절벽碧巖[*]은

나의
통곡의 벽[*]

나의
메카의 카바신전

이제 푸른 절벽 앞에서
홀로 선문답禪問答한다

무라카미 류 소설 '한없이 투명에 가까운 블루'
대학생 때 쓴 1976년 데뷔작
아쿠타가와상 수상
주로 청춘, 일탈, 마약 등을 소재로 순수와 퇴폐의 공존이 주제

피카소의 청색시대(1901-1904)
피카소의 20세 초반 사실적 회화를 그리던 시기
친구 카를로스 카사게마스(Carlos Casagemas)의 자살 영향으로
파란 계열의 채색으로 매춘부, 거지, 알코올 중독자, 노인, 시인과 같이
음울한 소재를 채택
그의 청색은 빈곤, 슬픔, 우수, 소외, 절망과 죽음을 상징

로열블루색 잉크
나는 전에는 스카이블루 잉크로
지금은 조금 진한 로열블루색 잉크로 만년필을 쓴다

칸딘스키: 청기사파 靑騎士派 Der Blaue Reiter (1911-1914)

푸른 절벽碧巖
벽암록(碧巖錄: Blue Cliff Record: 푸른 절벽의 기록): 대표적 禪文頌集
그중 유명한 구절: '새가 꽃을 물어다 푸른 바위 앞에 떨어뜨린다' 鳥銜華落碧巖前

통곡의 벽
무종교인에게는
유대인의 통곡의 벽
이슬람의 카바신전은
선종의 푸른 절벽과 같은 상징적 의미

종교인들은 신성한 장소에서
신과 자신의 삶과 내세의 구원을 생각하지만

무종교인은
인생 도처 맞닥뜨리는 절벽에서
인생의미를 찾는 선문답을 한다

푸른 절벽 벽암碧巖을 대면하면서

2015년 송시送詩

문득 드는 생각

어쩌면 올해가 내 일생
제일 괜찮은 날들이었을지도

다가오는 새해
새삼스레
단단한 결심도 하지 않고
대단한 것들도 바라지 않으리

마음 흔드는 슬픔
견디기 어려운 고통만 없다면

다시 한 해를
조용조용
차분차분
살아가리라

그리고 또 한 해 마치는 날

'이번 한 해도 괜찮았었네'
하고 감사드릴 수 있기를

제1부 자연自然

인왕仁王의 바람

인왕산 자락에는
언제나 바람이 불었다

1
가을 그리고 겨울
시베리아에서 시작해
몽골 어디쯤의 사막 먼지와
만주 벌판의 뿌연 흙을 태우고
부지런히 달려온 바람

청둥오리 푸른빛
압록鴨綠의 강을
건너오는 동안

평양성 바깥 널따란 평야 지나
멸악산맥 넘는 동안
탁한 먼지 다 털고

넘기 벅찬 북한산 삼각산 휘돌아
마지막으로 북악을 힘들게 넘어오면
이제 제법 맑은 바람

오히려 인왕에서는 바람에 힘이 붙었다

현저동 산동네에
겨울 칼바람 몰아치면
고갯길 틈틈이 들어박힌 얼음장이
더욱 짱짱해지고

물 길어 올라가던 중늙은이 어깨는
더욱 움츠렸다

한밤중
윗목에 놓은 자리끼
살얼음 끼고

북국北國 *위 날라오 바람은
홍제동으로 무악재로
밤새 휘감아 돌았다

서대문 형무소 높다란
희뿌연 담벼락을 긁어가며 불던
그 인왕의 아침바람 찬바람은

불령선인의 감방에도
조선계 간수看守들의 침방에도
한기를 몰아주고는

영은문 주춧돌 자리 못 미쳐
새로 지은 독립문

그 안쪽 벽돌 돌아칠 때는
맹렬한 소리를 냈다

2
지금의 인왕의 겨울

무악재 좌우 산자락 깎아
빽빽하게 들어선
아파트 단지 사이로
그때같이 추운 바람 몰아치지만
그때만큼은 매섭지 않다

이젠
구들장 윗목 얼어붙은 물대접도

살점 들러붙을 듯한
차디찬 놋쇠 요강도 없다

겨울이 지나가는 즈음
새로 난 안산 둘레길 오르다 보면

인왕에서 치는 맞바람이
차라리 시원하다

봄이 되면
풀 오른 안산 자락에서 내려오는
훈훈한 봄바람과 섞여

팔랑개비처럼
앉아 두는 바람

어지럽게 꽃가루 날리는 그 바람에
나비도 힘겹게 퍼덕인다

3

삶의 고달픔마다
역사의 굴곡마다
사뭇 다른 바람의 느낌

인왕의 바람은
역사의 길목에서 항상 불어왔다

그리고 다시
다가오는 역사로 불어 나간다

지금 무악재 고개턱
지친 겨울바람이
덜 여문 봄바람과 섞여 불어온다

자리끼: 밤중에 잘 때 마시려고 방에 두는 먹는 물

초등학교는
인왕산 아랫자락에서
중학교는 안산 자락에서 보냈다

바람은 항상 나한테
느낌과 생각을 준다

중학교 때에 불어오던 바람 속에서
설익은 역사의식도
세상을 향한 덜 여문 의지도 싹 트였다

인왕산의 바람에
우리 민족의 삶이
우리 역사들이 녹아 있다

인왕산 바람에는
삶에 대한 겸손함
역사에 대한 경건함을 불어넣어 주는 힘이 있다

여기 겨울 양구

앞을봐도
돌아봐도
올려봐도
내려봐도
백설천지

모든 것이 눈에 덮였다

대설주의보도 없이
온통 눈 덮인 세상

풍요로움을 재잘대던 들판은
두툼한 눈 밑에서
말문(門)을 닫고

겨울 빈 산은 흰 눈 덮여
초라하지 않다

삐죽삐죽 성긴
겨울 전나무 가지에서
눈이 흩날린다

고요히

한겨울 강원도의 깊은 산촌山村

온통 눈 덮인 풍경
들판도 산도
들판과 산길의 경계도 모두 흰 눈

봄 여름에는 풀과 꽃들이 자라고
가을 논에는 익은 벼들이
재잘거리는 듯 흔들리던 대지는
이제 눈에 수북이 덮여
말문 닫은 듯 조용하고

야트막한 산에는
소나무 잣나무 전나무 가지에 쌓였던
눈가루가 바람에 날리는 소리

사방은 고요했다

사람과 차들이 없는 적막함
흰 눈이 있어 따뜻한 겨울 서경敍景

크리스마스 캐럴보다는

바람 소리 찢어지는 무심가無心歌가 들리는 듯한 정경

양구 골짜기
눈이 날리는 건 보이는데
바람 소리는 들리는가

겨울산의 침묵

한겨울 깊은 숲

여기서
침묵은 안전이고
고요는 평화다

먹이 사슬을 따라 내려오는
사냥의 비명이 없으니

소리 없으면 평화

자작나무 잎은 떨어졌고
나무껍질엔 하얀 비늘이 섰다

삭풍에 떨어질 이파리는
더 이상 없지만

자작나무 하얀 수피樹皮가
바람에 긁혀 날아간다

가끔 물기 마른
나뭇가지가 부러지기도 한다

작은 것들은 특히 조용하고
세상이 정지된 무無의 평화

유아들도 짐승 새끼도
울지 않는 계절

깊고 깊은 겨울 숲의 침묵

詩作노트

겨울 깊은 산은 활동이 정지된다
먹이 사슬을 따라 내려오는 먹이 활동마저 정지된 깊은 겨울

먹이를 잡기 위한 사냥의 돌진과
잡혀 죽는 사냥감의 비명소리 없는 이때

야생에서는 조용한 것이 평화이다

번식활동도 끝나
시도 때도 없이 우는
짐승 새끼들도 없어 더욱 조용한 겨울

겨울 산은 여러 이유로 조용하다
반달곰들도 뱀들도 개구리도 내년을 살기 위한 겨울잠을 잔다

멸종 위기 동물

멸종 위기 야생 1급 포유류

사향노루
대륙사슴
수달
스라소니…

기품 있는 놈들은
생활력이 덜하고
번식력이 약하다

같은 포유류인 인간도
이와 비슷하다 할 수 있다

진관사

삼각산에서 흘러내린 깊은 계곡
거기에 북한산을 올려보는 사찰 하나
천 년 도량 진관사

해탈 찾아 정진하는데
남녀노소가 무슨 상관이건대
비구니들만으로 도업을 이루고자 하는 걸까

조실스님이든
사미승이든
불목하니* 든 보살할미든
장엄한 절간에서는
초라한 인간
사연 많은 중생일 뿐

품 넓은 승복
가냘픈 섬섬옥수로
저녁 공양 짓는 비구니 스님의 눈에는
매운 연기
눈물범벅 되어 흐르고

발우공양 마친 독경 소리는

밤늦도록
맑디맑은 진관계곡을 타고 오른다

깎아지른 백운대 오르는 길
진관사
참선 정진하는 정신만은 또렷하다

허공 높이 몰아치는 밤바람에
초승달에 할퀸 구름이 빠르게 흐른다

속세의 인연이
무성한 숲같이 얽혀 있는 이 밤

처연한 독경
숨죽이듯 끊었다
못 끊었다
조용한 요사채*에
번뇌들만
애잔한 몸을 떠나지 못한다

진관계곡에
이제 불이 모두 꺼졌다
치열하게 소리 없는 암흑이다

젊어 젊어
애틋한 가슴엔
떠나온 집
나이 들어가시는 속가俗家의 어미 생각

음전했던 한 여인의 가슴속
한밤중 속불이 인다
옆으로 누운 베개에 눈물 젖는다

서른 갓 넘은 비구니스님

이 계곡
이 밤이 너무 조용해
길지 않았던 일생이 선명하게 가슴을 조인다

불목하니: 절에서 밥을 짓고 물을 긷는 일을 맡아서 하는 사람
요사채: 승려들의 생활 장소

35

어릴 적 자주 지나던 진관사가
비구니 절이라는 걸 최근에 알았다

둘레길 다니면서
마주치는 스님들이 비구니 여승들이었다

어느 겨울 저녁
깜깜해진 진관사를 바라보니
비구의 감회가 느껴진다
무슨 곡절로 비구니가 되었을까

낮에는 웃는 낯으로 보살들을 대하던
그 젊은 비구니 여승이
이 밤에는 베개에 눈물 적시겠지

누진비구漏盡比丘(번뇌를 끊어 없앤 흔들리지 않는 비구)
아라한阿羅漢(모든 번뇌를 완전히 끊어 열반을 성취한
성자로 존경받을 만한 불제자) 되려면
오랜 세월 견디셔야 할 젊은 비구니 스님
오늘 밤도 번뇌의 밤을 보내실까
평정심의 잠을 이루셨을까

봉쇄수녀封鎖修女(수녀원에 한번 들어가면 나올 수 없는 수녀)라는
용어를 처음 들었을 때의 처연함이
비구니 도량 진관사
차가운 밤바람에 다가왔다

눈 내리는 소리

빗소리가 음악이라면

눈 내리는 소리는
살풀이춤
버선발 내딛는 소리[*]

가슴이 명멸하듯 내는 소리

눈 내릴 때는
바람도 소리를 내지 않는다

어릴 적에는
눈이 '펑펑' 소리 내며 내렸다

이제
귀를 바짝 기울이면
여인네 살포시 발 딛는 소리가 난다

비가 오히려 눈보다 차다

사랑스러운 여름날은 없지만
눈 오고 포근한 겨울날은
사랑스럽다

외전外轉 굽힘: 살풀이춤에서, 몸을 돌려 무릎을 굽히며 발을 내딛는 춤사위

눈 내리는 소리가 들리나요
'펑펑' 아니면 '솔솔'
아닌가 '사르륵사르륵'일까

그 소리는
눈 내릴 때 같이 부는 바람 소리인가요
눈이 땅에 닿는 소리인가요
눈이 흔들리며 공기를 가르는 소리인가요

눈은 아무래도
의성어가 아닌 의태어로 소리를 내는 모양

분명 함박눈 내리는 소리는 들려요
특히 한밤중에는

살풀이 버선발 내딛는 모습이 들려요

폴리네시아의 별밤

달 없는 바다
검은 바다에 별이 비춘다

공기 맑은 이 섬 하늘엔
막상 몇 점 안 되는 별들

문득 구름 걷히나 보다
별들이 톡톡 튀어나온다

이윽고
파란 별들이 후드득 쏟아진다

달은 그믐이라
조그만 구름에 가렸다

남태평양도 밤에는 으슬으슬 춥다
별빛이 푸르다
살짝 오한이 난다

이방異邦의 바다가 익숙하다

밤 구름이 다시 스르르 덮여 온다.
별들이 점멸하다
차례차례 사라진다

다시 칠흑의 밤바다
폴리네시아의 바닷가에 파도가 친다

폴리네시아제도 하와이

남태평양의 맑고 갠 밤하늘
뒤덮인 별들을 기대한다

막상 구름 낀 날이면
별들이 몇 개 안 보인다
구름이 걷히면서 한동안 별들이 나타난다
그러나 화려하고 총총한 별밤은 아니다

하와이의 낮은 화려하다
화사하다

그러나 밤은
특히 딜 없는 밤은 처연하다

이방異邦의 바다가 익숙하다

해질녘

해질녘에는 집으로 돌아간다

낮에서 바뀌는 초저녁 바람 쪽으로
얼굴을 돌려 본다

가벼운 배고픔
잔잔한 피로
나른한 걸음

몸 안쪽으로 들어앉는 생각

사상은 얕게 겉돌고
감성은 여전히 예민

날카로운 의식들이
편했던 세포細胞로 들어차는 저녁 무렵

빨간 노을의 힘없는 정열
도시의 힘 꺾인 저녁 햇살에 위로받는다

아직도 그리운 이
생각나는 일들

눈물 한 방울

아 오늘도 이렇게 마치는구나

이제 따뜻한 잠을 자면
밤의 끝으로의 여행*

이생도 이렇게 마치겠지

루이 페르디낭 셀린의 소설 제목(Voyage au bout de la nuit): 비관론이 기본인 니힐리
스트 소설

대낮의 햇살이 꺾이면
몹시 덥던 여름날도
은은한 위로를 준다

낮에 바쁘고 정신없는 때
마음 세포들이 편하다

저녁 되어 침잠하는 정신
서둘러 잠들라치면
생각들이 날카로워지고 의식이 또렷해진다

막연한 의식들이 나누어지면서
조각조각 분절된다

시간은 밤의 끝으로 간다

이 밤의 끝은
내일 아침
아니면 죽음으로 가는 하루하루일지도

천상병의 귀천
"아름다운 이 세상 소풍 끝내는 날"
인생이 소풍이었듯

삶은 밤의 끝으로의 여행을 가는 것

인생을
순례로 보든
소풍으로 보든
여행으로 보든
마침표가 있는 유한함

가을 단상

발밑으로 가을이 왔다
욱신거리는
불편한 가을이

가을의 스산함에
정신이 버쩍 들기도 하지만
여전히 봄날의 나른한 오수午睡를 기억한다

단풍이 아름답다고들 하는데
가을의 메마름이 잎 속에 들어찬다

찬바람에 몰려 몰려 발길 닿는 곳

발밑에 구르는 낙엽
바로 어제 그제는
빨갛고 샛노란 가을 단풍이었는데

서리라도 내려 붙으면
쓸쓸함에 서늘함*에
고개 숙인다

서늘하다: 약간 서늘한 느낌이 있다

詩作노트

가을은 땅거미처럼
바닥에서부터
발밑에서부터 오는 것 같다

땅바닥부터 차가워지고

낙엽도
늦은 서리도
이른 살얼음도 모두 발밑에서 먼저 온다

화려한 단풍도 실상은 쇠잔의 끝물

떨어진 낙엽 되어
서리라도 맞아 축축해지면

삶의 발길 이어가기가 버거워
고개 떨구고
쓸쓸함을 삼키는 사람의 처지와 같다

누레오치바濡れ落ち葉: 젖은 낙엽

바람

바람은 가볍지 않다

태고의 기억을
어제의 잔상殘像을
함께 태우고 온다

어느 여름
그리고 가을
뜻과 생각이 바람에 섞인다

질감이 느껴지는 바람
영혼보다 무겁다

층층이 섞인 혼魂을
한꺼번에 몰아온다

역사는
이렇게

인물은
이렇게

삶은
이렇게

바람과 오고
바람과 떠난다

바람을 맞으면 오랜 기억이 실려 있다 느낀다
많은 사람들 이야기
많은 생각들이 바람에 실려 있다

무언가를 말하려는 듯한 바람

바람의 밀도가 꽤 높다 느낀다
묵직한 질감이 느껴질 때가 있다

학교 시절 배운 태백산맥 영동 영서의 푄 현상
마파람 하늬바람
무역풍 편서풍 무풍지대 제트기류

자연에는 다양한 바람들

바람이 주는 이미지는
다양하고 역사적이다
역사적 배경이 있는 장소
북한산성, 한강 다리, 낙화암, 서해대교, 부산 태종대에서
바람을 맞다 보면

바람에 역사와 인물들이 실려 온다

바람에는
강이 흐르듯
역사가 흐르고 인물들이 불어온다

인물들은 생멸하고
바람은 그들의 혼과 정신을 모아
꽤 무겁게 불어온다

해 좋은 날

날씨 좋고 햇빛 밝은 날은
산으로 들로 나가지 않아도
그냥 좋다

종일 집안을 빈둥거려도
창문만 열어놓고 심호흡만 해도 좋다

아파트 놀이터
애들 노는 소리가 시끄럽지 않다

창밖에는
푸른 하늘과 하얀 구름
맑은 공기와 힘찬 햇볕

이렇게 햇살 좋은 날은

세상이 존재함에 흐뭇해하고
우주의 순조로운 운항에 신기해하고

좋은 하루가
주어졌음에 감사드린다

어제 그제 심한 비가 내린 끝에
상쾌하게 맑은 오늘

이런 날도 있으니
군소리 말고 사는 거다

구름의 경이驚異

1
우주의 경이

태양 하나가 온 세상을 눈부시게 밝힌다
하루 12시간 일 년 365일
벌써 45억 년 동안

우린
태양 없이는 먼 별빛에 의존하는
눈먼 심해어

2
신체의 경이

심장은 하루 10만 번 뛰면서
피를 온몸 구석으로 돌게 한다

90세 넘은 어르신도
하루에 이렇게나 많이 심박心搏해야 산다

우린
심장 없이는
손가락 발가락부터 바로 괴사

3
구름에서 느끼는 경이로움

뭉게구름 새털구름 양떼구름 …

평생 비슷한 모양의 구름은 봤어도
똑같은 구름의 하늘은 없다

매일매일
시간 시간마다
다른 구름으로
그림을 그려내는
자연의 수고로움

구름도 태양처럼 신체처럼 신비하고 경이롭다

오늘도 흐리지 않은 날
구름을 관찰한다

詩作노트

우주의 운항은 신비롭지만
나의 인식체계를 벗어난다

빅뱅이며 소행성이며 용어 낯설고
너무 매크로한 세상

심장과
신체의 신비로움은
나의 시계視界에 들어오지 않는 너무 마이크로한 세상

나는 구름의 다양성
그게 신비롭다
매일매일 같아 보이는 삶이
모두 모두 다르듯

한계령서 필레계곡 내려오는 길

그득한 나무

그득한 바람

그득한 햇살

그득한 공기

그득한 느낌

그득한 안정

그득한 휴식

뭐든 그득한 이 길

Peaceful Silence!

초가을

평화와 정적이

그득하다

필레계곡: 영화 "태백산맥"의 촬영지

      탄산 약수인 필레 약수터가 있다

      한계령에서 내려온 계곡 끝이 인제 내린천으로 이어진다

詩作노트

내설악은 4계절 아름답고 청정하다

속초나 설악산 가는데 대부분 한계령 아닌 미시령 길을 택한다

오랜만에 구 44번 도로를 택해 한계령으로 올라가다 보면
양옆으로 펼쳐지는 내설악의 깊고 험준한 산들
바로 가까이서 설악의 속 자태를 보여준다
breathtaking!

진중 장중한 풍취

기암괴석들
희귀한 나무와 풍광 등
우리나라 최상의 드라이브 코스이다

한계령 정상에서
인제 내린천으로 내려오는 우회도로가
필례계곡 가는 길

편도 1차선의 지방도로라 사람도 차도 안 보인다
주말에도 5분에 한 대 정도 차가 지나갈까 말까

한적한 도로 양쪽
나무 우거진 설악
한쪽으로는 투명한 사탕 같은 가리산천이 흐른다

그 길을 산책하면서 드는 느낌

"그득함"

뭐든 그득하다는 느낌

나무도 바람도 햇살도 가득하고
충만감, 안정감, 시각포만감, 투명한 경관

서 있고 걷고 보는 것이 모두 휴식이자 힐링

단풍 덜 든 초가을
햇살 좋은 주말 오후

그득한 느낌의 기본 원소는
맑디맑은 공기의 입자들이었나 보다

회색곰들의 어처구니없는 대결

엄청난 덩치의 회색곰들
얼마 있으면 성체 되는 두 살짜리 곰이
조금 더 큰
세 살 된 힘찬 수곰熊에 죽도록 얻어맞고
물어뜯기고 있다

기세에 눌려 제대로 힘도 못 써보고
덩치에 어울리지 않게 구슬픈 비명을 지른다

참 불운한 놈

이번 겨울잠 자고 나면
왕초 수곰熊보다 한 자 두 치는 더 큰 곰이 될 수 있었는데

연어 올라오는 길목 자리를 넘보다
죽도록 두들겨 맞는다

이번에 대판 잘못 걸렸으니
연어 배불리 먹으려다
살아서 겨울잠이나 잘 수 있을까

엄마 곰이 멀리서 바라만 본다
수곰熊의 포악함이 무서워서
암컷 덩치로는 수곰熊과 겨룰 수 없으니
아들 곰의 처지를 안타깝게 바라만 본다

詩作노트

서열사회
계급을 형성하는 사회

야생동물 사회도
인간 사회도

서열사회에
익숙해지다 보면
조금이라도 강한 자에 굴종하는 속성이 생긴다

저항에 따른 불이익과 폭력 당함이 두려워서이다

조금 힘센 자가 거의 전부를 지배하는 사회

Winner takes all.

인간사회 서열은 동물세계처럼
완력 등 물리력만이 아니고
지식, 정치적 힘, 법적 권력, 부 등 실제적인 것뿐 아니라

나이, 군신지간, 사제지간, 선후배 관계 등
유교적 사회윤리에 기반을 둔 서열 관계도 받아들인다
서열 질서를 우리가 "도리"라고 받아들인다

우리의 일반 상식과는 달리
알래스카나 시베리아의 최상위 포식자인
회색곰은 서로 죽이고 잡아먹고들 한다

대결이라기보다는 일방적 폭력

룰이 있는 격투기 경기도
승세가 한쪽으로 기우는 순간
피폭력자는 견딜 수 없는 고통과 파멸을
폭력자는 의기양양한 잔인함을 보인다

서열 짓는 사회

이 밤 갑자기 내리는 비

후드득 쏟아지는 비에
두툼한 나뭇잎들이 비명을 지른다

반질한 잎 표면
빗방울은 머물지 못하고
굴러떨어진다

진흙땅에는
마마 앓은 얼굴처럼 패인 자국들

비까지 내리면서
더욱 산란해지는 한밤중

나는 이 도시가 정전停電 돼야 잠들까
이 비가 그치면 잠들 수 있을까

밤마다 찾아오는 종말의 예감
가벼운 오한들
소스라치는 외로움

밤비가 인기척처럼
홀로 견뎌보는 나를 찾아왔다

산란함이 비장함보다 낫다

창을 여니 달이
빗줄기 너머로 어렴풋이 보인다
중첩되는 잡념처럼 흐릿하게 비추인다

혼절해야 잠드는 불면의 밤들

지효遲曉[*]
오늘도 새벽이 더디 온다

지효遲曉: 늦게 오는 새벽

詩作노트

불면의 밤
비가 오면 어떤 날은 비 때문에 편안해지기도

또 어떤 비 오는 밤은
빗소리에 더욱 예민해져 뜬눈으로 새운다

제 2 부   역사와 사상

오래된 성당*

완주군 깊은 마을
100년도 넘은 한옥 성당

배로 오는 데만 석 달
법국法國의 파란 눈의 신부들
북경 거쳐 걸어 걸어
남도南道 깊은 산중 마을

무슨 마음으로
누가 시켜

이 적의敵意와 경계의 터에
순교와 박해의 땅에
저토록 우아한 한옥 본당과
종탑을 세웠을까

그의 귀에는 마태 수난곡

그의 눈에는 예수 껴안은 성모
피에타의 눈물

소명일까
사랑일까

아마도
설명키 어려운
설명하지 않아도 되는 섭리

오래된 성당

오래된 성당: 최근 복원된 2번째로 오래된 완주군 되재 성당
　　　　　그 옆에 전도하다 선종한 초기 프랑스 신부들의 묘소

크루즈 여객선의 마지막 항해

해체선들이 즐비한 폐항
방글라데시의 검은 기름 뜬 바다

너무 더워
아주 천천히 선박들이 해체된다

해체를 위한 마지막 항해
크루즈선船이 들어온다

한 번도 와본 적 없는
와볼 일도 없던
이 음습한 벵골 만의 뿌연 바다

몸이 해체되면서 기화氣化될
낭만적 일생
그리고 화려한 기억들

치타공Chittagong 항
시큼 매캐한 매연이 선체를 감싼다

詩作노트

치타공을 중심으로 한 방글라데시의 폐선廢船 해체는
한때 전 세계의 90퍼센트에 달했다고 한다

방글라데시는 와본 적도 없던 호화 크루즈선도
크루즈 구경도 못 해봤을 방글라데시 사람들의 손으로
그 번영과 화려함이 해체된다

더운 열대의 매연 속
뿌연 바닷가에서

호화 여객선이 가난에 찌든 방글라데시에서 마지막을
보낸다

소수 민족

항상 불안하다
매사 주저주저한다

그래도 아이를 낳아야 했다

통치 민족의 위무慰撫를
기꺼운 듯 받아야 했다

나의 용기는 그들의 폭력을 가져온다

모든 게 내 것이 아니다

내 옆에 있지만
내가 만지고 있는 것들이
내 것 아닌

내가 사는 땅이 내 것이 아니다

여전히 불안해서 애를 낳았다

나를 닮은
소수 민족으로 살아가야 할 아이들

숙명이라 생각하기엔
너무 거창하다
운명이라는 말은 비현실적 어휘이다

밥 끼니들이 쌓여야 민족을 만든다
먹고 살 수 있게 되어야 민족을 찾는다

오늘도 밥을 먹는다
태어난 아이들과

아직은 통치 받는 소수 민족이다

소수 민족은 전 세계에 다양하다
중국만 해도 한족+ 55개 소수 민족으로 구성

위구르족 같은 경우는 생김새도 확연히 다르고
종교도 이슬람이라 독립투쟁 중이다

티베트도 1912년 독립 선언
1950년 중국이 다시 무력점령
1959년 대규모 무력봉기 등의 역사를 거친다

체첸족
타밀족처럼 무장투쟁 테러로 나서는 소수 민족도 있다

이러한 독립을 위한 저항으로
경제생활과 불안한 치안으로 생활이 피폐해지는 것이
옳은가

체념하고 소수 민족 자치구나 소수 민족 보호지역에서
삶을 이어가는 것이 나은가

아주 적은 인구의 소수 민족의 이미지는
무기력하고 체념한 듯한 모습과 표정이다

묘족 카렌족 고산족 등
현실에 안주하여 살아가는 모습
독립은 꿈도 못 꾼다

소수 민족도 먹고 살아야 한다

밥 끼니 부지런히 먹고 자손을 낳고
경제력을 일으키고
생활에 몰두하면서
부지런히 인구를 늘이고 존속하면서
언젠가 이민족의 통치에서 벗어나는 방법을 택한다

방법이 없으니
힘이 없으니

식민지의 꿈

민족의 명예는 잠시 잊고
정치적 모멸과 엄중한 감시는 견딘다

경제는 안정적으로 순환하고
사회 수준은 발전한다

무엇보다도
전보다 생계가 나아진다

감성은 저항이나
이성은 안정을

체념에 이은 납득

눈을 떠도 감은 듯이 산다

의심하지 말라
생각 자체를 말라

여기 지금
식민지가 운명
지배자가 다른 민족일 뿐

무엇보다도
나는 생활한다

평화적 의견은 합법적으로 묵살되고
불법 시위는 합법적 폭력을 낳는다

저항하지 않으면 평화를 가진다

공부와 일을 열심히 하면
식민지도 살 만하다
열등감 열패감만 버리면

독립은 아직은 꿈
언젠가 이루어질 꿈
꼭 이루어지지 않아도 상관없다

식민지의 바램은
생각과 말들과는 달리 현상유지

가학과 피학 관계가 아니라면
쉽게 지배와 복종의 타성에 젖는다

식민지가 한시적이라 하지만
독립은 기약 없다

밤에만 분기탱천하는 식민지
나약한 꿈을 꾼다

대다수 식민지의 평범한 사람들은
독립을 말하고 바란다 했지만
현실에 순응하고
현실에서 안주하며 살아갔다

독립을 갈구하고 자기희생을 한 사람들은 소수

세상은 공정公正해서 안정安定하다

1

'우리는 공정무역 fair trade로 커피 원두를 구매합니다'

꽤 높은 가격대의
쾌적한 커피 카페에 붙어 있다

브라질의 커피 농장 정경

검디검은 손으로 따는 붉은 커피 열매
팔과 손에는 왠지 땀도 없다

공정公正

탄력 있는 검은 피부의 브라질 여인들은
공정 불공정을 생각하지 않는다

coffee picker가 유일한 천직인 세상
나의 부모가 하던 일
그래서 내가 걱정 없이 놀 수 있던 어린 시절

이제 내가 커피 농장으로 출근한다

하루 종일 햇볕 아래서 커피 열매를 딴다

전염병 돌아 일거리 끊기지만 않으면

굳이 물어본다면
세상은 공정公正하다고 대답할 것이다

일 마치면 신나는 리듬의 음악이 있고
천정에 달린 팬fan이 시원한 널따란 집에서 쉴 수 있다

2

마가렛 대처가 말했다
"잉바 노조원들은 순진하고 정직하고 부지런하다"

잉글랜드 북부 오래된 탄광

하얀 피부에 목덜미 붉은 백인 coal miner
오늘도 천직인 탄광으로 향한다

신분과 처지에 불만 없다

운명에 대한 한탄도 안 한다

우리 할아버지가
우리 아버지가 그래 본 적이 없어서이다

그저 우리 아버지만큼 살면 된다

내가
검은 탄 찌꺼기 붙은 아버지의 취한 얼굴을
존경했듯이

내 자식들이 나의 목덜미 검은 땀을
무시하지는 않겠지

다만
잔업이 많으면 너무 힘들어서
정부 보조 줄면
벌이가 안 좋아서 싫을 뿐

폐광 이야기만 안 나오면
사회가 불공정하다는 생각은 안 든다

석탄 난로 따뜻한 집에 가면
차려진 저녁과 아이들과 톡 쏘는 맥주가 있다

3

대代를 이어온 공정公正한 계층 질서

브라질과 영국에서는
그리고 세계 도처에서
이러한 관성慣性의 공정함이
세상을 안정시킨다

1984년 영국의 석탄산업 합리화에 대항한 대규모 파업 때 강경 대처한 마가렛 대처
총리가 한 말

문득 커피를 마시다가
'저희 커피는 공정무역을 통해 들어온 커피입니다'라는
취지의 문구를 보다

'공정하다'는 어떻게 무엇이 공정하다는 말일까
누구의 입장에서 공정

대형 커피농장의 주인이나 원두 메이커의 경영진들은
미국 커피하우스 체인에 납품을 위해
임금을 더 준다
아동노동을 고용하지 않는다

그래서
공정무역을 지향하는 글로벌 커피하우스에 원두를 판다

대를 이어 커피 열매를 따는 브라질 흑인들은
공정 불공정을 모른다

가장 높은 임금을 주는 가까운 농장을 선택한다

그리고
그 임금이 공정하든 불공정하든

그 수준에 생활을 맞춘다
먹고 마시고 노래하고 잠을 잔다

관성을 갖는 공정한 구조이다

왜 자신들은
더운 햇볕 밑에서 육체노동을 하고
커피 구매 임원들은
퍼스트클래스를 타고 와서
포르쉐 SUV로 커피농장을 돌아보는지
크게 궁금해하지 않는다

태생적 운의 큰 차이가 주는 결과가
공정한 시스템인지 불공정한 시스템인지
브라질외 커피 농장 노동자들은
생각해보지 않는다

자기가 보고 자랐고
지금 주변 사람들이 살아가는 방식이 그러기에
자기와는 다른 세계 사람들과 비교하지도 않고
그 원인을 불공정한 시스템으로 돌리지 않는다

그들 나름의 관성에 의한 삶이 행복하다
정부의 보조로 유지되는 영국 탄광의 광부들
영국에 잔존하는 계급사회의 전형적 working class이다

그들은 신분 상승을 꿈꾸지 않는다

1980년대 중반
석탄노조와 철의 여인 마가렛 대처 총리의 강경대결에서
보수당 대처가 노조를 제압하고 구조조정을 했다

그때 대처가 한 말
"일반 노조원들은 순진하고 정직하고 부지런하다"

영국 working class 꿈은 관성적이다
일하고 먹고 취하고 아이들 키워
그 아이들이 다시 일하고
그들의 자식 역시
장원莊園을 물려받는 귀족계층
런던 첼시의 신흥 금융사업가를 부러워하지 않는다

TV에서 보는 황실 결혼식에 그저 좋은 마음으로 환호한다
프리미어 리그 축구에 열광한다

신분의 차이
재산의 차이에 공정하다 불공정하다를 논란하지 않는다

브라질 영국뿐 아니라 인류는
이런 관성에 의한 공정함을 받아들이고 산다

재벌가의 엄청난 시가총액을 듣고도
불공정하다고 목소리 높이지 않는다

우리는
관성처럼 시스템의 공정함을 인정하고
브라질의 커피 농장 노동자처럼
잉글랜드 탄광에서처럼
하루하루 행복하게 살아간다

사람들은 관성으로 공정하다 느끼고
공정公正하다 느끼기에 세상은 안정安定된다

다들 비슷한 양量의 행복을 가지기 때문이다

2014년 세모 빅토리아 피크에 서서

해안 깎아지른 바위산 정상
밤바람이 세차다

연인들이 따뜻한 눈빛으로
서로의 손을 잡는다

란콰이펑 클럽의 정염과는 다른
차분한 애정이 들뜬다

발아래로
휘황찬란 홍콩 마천루들이
침엽수림보다도
빼곡히 솟아올랐다

굴욕의 조차지租借地 200년 가까이
차곡차곡 쌓아올린
야심과 욕망
정의와 불의로 만든 불야성

빅토리아 피크에서 내려다보는 경탄의 조명과 경관

우리의 생계활동을 철골과 콘크리트 삼아

우리의 근면함을 벽돌 삼아
저 많은 마천루를 지어왔다

층층이 켜진 조명
장엄한 인간 역사가
눈 아래 펼쳐져 있다

전망대에서 손 마주 잡은
벅차오르는 사랑도
뿌듯하면서도 허무해질
지나가는 일상의 하나

지금 이곳 이 밤
삶에 대한 회한도
역사에 대한 사변思辨도

내일 아침이면
다시 거대한 일상에
초라하게 축소될 번잡함

매일 수축과 이완을 되풀이하는
일상과 역사 속에서

저 멀리 또 몇 개의 skyscraper 들이 지어지고 있다

빅토리아 피크에 밤바람이 몹시 분다
내일 새벽에 여긴 아무도 없을 것이다

홍콩 가면 한번은 올라가는 밤의 빅토리아 피크 전망대

놀라운 마천루 숲의 야경을 찬탄하면서

조림한 시베리아 침엽수림보다 빽빽한 초고층건물들
모든 건물은 불을 켜놓았다

이런 불빛 장관을 보며
몰아치는 산정의 바람을 맞으며

다정한 커플들의 벅차오르는 사랑도
세월 지나 일상이 되듯

굴욕과 영광의 매일매일이
상구한 역사를 이루듯

홍콩의 역사
그리고 중국의 역사가 이 광경에 함축되어 있다
그 역사 속 사람들의 관계를 보면서
시간과 숙명의 장엄함을 느낀다

화려함 속에 일상의 고달픔

위인과 범인들의 희생과 노력
역사의 아이러니가 소용돌이치는 듯하다

결국 역사를 자본주의가 이긴 홍콩의 야경이다

새

몽골 울란바토르 변두리
천막촌 게르 위를 나는 새

아프리카 낡은 도시
식민지 때 지은 낮은 건물 사이를 나는 새

배경과는 달리 특별히 가난해 보이지 않는다

詩作노트

장면 #1

지금
유목으로 살아가던 몽골 사람들이
가축 전염병으로 유목을 포기하고
수도 울란바토르 교외 산등성이에
게르(몽골 유목 거주용 천막)를 다닥다닥 치고
천막마다 뿜어내는 연기 속 탁한 공해 속에서 살며
도시 빈민 노동자로 전락한다

거대한 도시화의 과정에서의 단기적 비참함일 수도

장면 #2

식민지 독립 후에도
천연자원이 없는 아프리카 중소국가들은
아직도 100년 가까이 된
식민지 시절 낡은 건물들이 도심을 형성한다

두 장면의 공통점은 빈곤과 낙후이다

한편
가난한 땅의 야생동물은
심지어 개들과 고양이들도
선진국의 반려동물과
운명과 처지가 크게 다르지 않다

네팔, 부탄 그리고 아프리카 국가들 거리를
어슬렁거리는 개들이
런던 하이드 파크나 뉴욕 센트럴 파크
밴쿠버 스탠리 파크의 산책로를 걷는
선진국 개들과 별반 다르지 않다

빈부와 경제 발전 차이가 주는 환경은
사람에만 예민하게 영향을 주나 보다

비교하지 않을 때 불만은 줄어든다

파리|Paris 기행

– 파리에서 가장 가까운 해변에는
  색조 좋은 파라솔들이 펼쳐져 있을 듯 –

파리Paris의 아침 거리엔
산뜻한 바람 아니면 은은한 커피 향

갓 구운 바게트의 견고함

파리지앵의
바쁜 걸음걸이의 여유로움
이어폰에는 음악
칸타빌레

트렌치코트의 올린 깃에서 수줍은 미소가 보이고

오르세의 긴 입장 줄에 서면
어릴 적 놀이공원 들어가는 설레임

개선문은
가까이 가면 폭포처럼 웅장하고

파리의 아담한 차들이

이곳 에투알 광장에서
방사형放射形 길들로 돌아 나가면서
아침마다 Bonjour!

샹젤리제 노변 카페들은
버스 정류소같이 정겹고

콩코르드 광장을 거쳐 튈르리 공원으로 걷는다

세느강은
사람들의 망막을 얌전히 흐르고

음울해야 할 뒷골목도 격조 높은 이곳은 파리

밤의 에펠탑은
어디서나 보이는 도시의 등대
철골 구조물이
훤히 빛나는 예술의 신호등

빛의 도시La Ville Lumiere

사랑스러운 파리
존경스러운 파리를
오늘 밤낮으로 여행한다

- "Pray for Paris"* -

파리는 여러 느낌을 준다

1
에펠탑 밑에 처음 선 그 순간을 잊지 못한다

그 거대한 위용의 에펠탑은 1889년 완공되었다
같은 해 조선은 식량 부족으로 방곡령防穀令(함경 감사
조병식이 일본에 곡물 수출을 금지)을 내린다

우리는 몽매함과 질곡에 허덕일 시기에
이 도시는 그 웅장한 건축물을 완성한다

설명키 어려운
근세사에 대한 울분과 한탄

2
파리하면 커피
그리고 처음 마신 카페오레의 그 향취 그 부드러움
파리 전체에서 커피 향을 맡는다

개성 있는 패션의 파리 여성들
그리고 남성들

걸음걸이는 음악에 맞춘 스텝인 듯
표정은 노래하듯이 칸타빌레

오르세 미술관

오르세에서는 루브르나 대영박물관과는 다른
놀이공원 처음 온 시골 소년 같은 설렘과 떨림
이제 경이로운 예술을 만끽할 기쁨을 미리 느낀다

개선문
가까이서 보면 놀랍게 웅장하다
안쪽 계단을 힘들게 걸어 올라가면
개선문 정상에서 펼쳐지는 파리

바로 밑 에투알 광장에서 뻗는 방사형 길과 건물들의 장관
잠시 숨이 멎는다

명품거리 샹젤리제는 정말 말대로
대로大路, 큰 길이다

거기에 카페들이 틈틈이 있다
아름다운 시골 정류소의 아담함과 정서가 있는 카페들

이들과 달리
튈르리 공원
세느강은 아담하다

한강과 비교하면 지류 정도로 보이는 세느강
그래서 다리橋들을 잠깐 걸으면 건널 수 있다

도심과 동화된 다리橋들

3
파리는 예술섬뿐 아니라
자유 평등 박애(형제애)가 가장 잘 실천되는
세계의 진보도시이다
그래서 "존경스러운 파리"

2015년 11월 대형 이슬람 테러로
파리의 자유정신
톨레랑스로 대표되는 자유 평등 박애의 정신이
퇴보되지 않기를

진보주의라는 낭만의 문화

존 바에즈의 노래
존 F. 케네디의 연설
프랑스 대학생의 68혁명
바스키아의 그라피티
잭 케루악

지나간 진보의 낭만적 이미지

방글라데시 빈민가
아프리카의 에볼라
이스라엘과 팔레스타인
시리아 내전 그리고
이슬라믹 스테이트의 두건 복면

현재
역사의 구석진 곳들

진보는 낭만적 문화
현실은 차가운 보수

존 레논의 "Love"를 듣는다

60년대 케네디 정권을 기점으로 70년대 초반까지
미국은 인간 자유와 평등권을 개선하려 노력했고
그 결과 어느 정도 진보를 가져온 시기

민주주의와 평등은
진정한 인간 자유의 지표이다

그 시절의 노래, 연설, 소설, 영화,
학생 운동, 반전 운동, 히피들은
인류사의 큰 족적

그 시대가
그때의 naive 한 정신들이
지금 우리가 일부 누리는
아직 진행형인
진정한 민주와 자유로의 미완의 초석을 깔았다

이 시절 자체가
문화의 상징이자
사상과 철학적 좌표가 되었다

지금도
절대 가난을 면치 못하는
아프리카 서남아 동남아 중남미

평화와 거리가 먼 중동의 많은 국가들

이슬람과 기독교 간 갈등은

60년대/70년대의 진보주의의 인류사에
대한 공헌을 퇴색시킨다

반대의 극한
선진국 보수와 기독교
후진국 종교적 보수와 이슬람의 치열한 투쟁
서로서로 아탈리가 말한
"영광의 과거로의 회귀nostalgies*" 경쟁

세계는 다시 비극적인 폭력을 시작한다

이제 시작인 듯하다

존 레논의 노래 "Love"가사 중

Love is reaching
Love is knowing

손 내밀고 서로 알려 하면
진보든 보수든
민족 간에도
종교 간에도
빈부 격차에도

사랑을 만들 수 있다는데

양극으로 치닫는
이념과 종교와 인식의 이격들

60년대/70년대 진보주의에서
화해와 사랑의 철학을 본다

그래서 더욱 진보주의 시절의 것들은 문화다

역사상 이동移動의 방향

북쪽 추운 나라에서는
부동항을 찾아서든
이모작을 위해서든
일단 남으로 남으로 향한다
집도 마을도 남쪽을 바라본다
햇볕과 따뜻한 풍요를 갈구한다

북회귀선 아래쪽
적도 위아래로 있는 더운 나라는
몹시 더워도 그냥 그 땅에서 산다
일 년의 반半인 지루한 우기도
수시로 오는 태풍과 홍수도 잘 참아낸다

아열대와 열대가 주는 농산農産의 풍요에 익숙해져
사람 죽어 나가는 자연재해를
호상好喪 치르는 것처럼 여긴다

더우면 웃통 벗으면 되고
정 더우면 그늘에서 낮잠을 잔다

온화한 온대를
살아볼 땅으로 넘보다가도

그곳 가을 추위 무섭다며
생각을 접는다

강성함 추구하기보다는
그냥 적당히 당장
편하게 산다

더위에 지치다 보니
근육도 흐물흐물하여
싸울 신체 골격도 아니다

아무래도 궁窮한 자가 강强해지니
항상 침략은
기온 낮은 곳 사람들이 시작한다

중세에는
추운 지방의 침략 민족들이
온대를 점령하고

근세에는
온대로 내려온 덩치 큰 서양 민족들이
더운 열대를 온통 식민지로 만들었다

더운 땅
근육 흐물해진 사람들은
한참을 피통치 민족으로 살았다

더운 데서 살아온 인간들은
너무 나태해져
식민지에서도 낮잠을 잤다
낮잠에서는 평화를 얻었다

게르만 노르만의 북국北國민족의 온대 유럽으로 이동
그리고 그 유럽 민족들이
열대 및 아열대 전 지역을 식민지로 통치

강한 침략성은 궁窮해서 나오고
열대의 풍요에 안주한 사람들은
식민지 되는지도 모르게 피지배 민족이 되었다

역사상 이동은
여러 부족들의 힘과 지배의 부단한 이동의 역사이다

게르만 노르만의 민족의 대이동

칭기즈칸 및 그 후예들
원나라의 중원정벌
몽골의 동유럽 지배

이슬람제국의 무한 무력 확산

원나라 이후 300년 지나
북쪽 만주족이 중원에 청 제국을 그리고
방대한 현재 중국 영토를 확보한다

지배 계층들은 빠르게 이동한다
피지배 계층들은 현실에 안주한다

현대에도 여전히
적극적이고 욕심이 강한 집단이
고착하려는 집단을 지배한다

헌책방

가슴 설레이지
여기에선

칸칸이 쌓인 책들
책 사이로 오래된 먼지들이
스미어 나오지

아는 거 많은 이들도
오래된 책책冊冊들이 뽐내는 희소한 앎들에
고개 숙이지

빽빽하게 쌓인 책들에 다리 부딪는 좁은 공간은
어릴 적 편안하던 이불 속 같아

헌책방
들어설 때 가슴 뛰고

나올 때면
좋아지내던 고향 큰애기 두고 떠나는 마음

오늘 사지 않은 그 책들이
다음에 와도

아직 그 자리에서 나를 기다릴 거야

당분간 나 말고 찾을 이 없는 책들
가득한 헌책방

시골 사는 고모처럼
깊은 생각이 가득 들은
헌책 한 권 옆에 끼고 나오는 만족

헌책방을 가면
책은 사지 않고 이런저런 책들이 있네 하고
확인만 하고 나온다

콘텐츠가 손이 가기에는 희소하다
구닥다리이다

살까 말까

몇 페이지 읽어본다
당시는 화려한 논리와 표현들이 지금은 어색하다

그렇지만
말씀 잘하시던 고모님처럼
그냥 거기에 있어 주는 책들이 있어

헌책방에서는 어릴 적 이불 속의
편안함을 느낀다

허영의 이미지

홍대 뒷골목 떠다니는 잿빛 재즈
가로수 길의 늘씬한 다리의 여자
힙합 리듬에 머리 흔드는 수염 더부룩한 남자

허영

의미 없는 물신物神의 전시展示
물신物神 같은 정신의 과시

詩作노트

허영은
물질뿐 아니라
정신적 우월함에 대한 착각

재즈에 열광하는 사람에서
미세한 허영심

고급 와인 마시면서
'브라보'를 나직이 말하는 사람에서 느끼는
물신物神 같은 정신적 허영의 이미지

홍대 앞

흐린 날 새벽 3시
피로한 24시 편의점의 불빛

홍대 앞의 이미지는 다양하다.

밤늦은 시간 지나 새벽녘에 이르면
피로한 모습을 본다

밤의 편의점은 왠지 피로해 보인다
인적 드문 시간
길가 편의점의 불빛이 외롭다

안개 짙은 어느 날 새벽
홍대 앞 정경이다

오드리 헵번과 나

가만히 보니

나는 남자지만
오드리 헵번을 닮았다

눈이 크고 코가 비균형적으로 크다

오드리 헵번은 무슨 근심이 많아
평생 호리호리한 몸매로 살았을까

나는 그녀처럼 세상을 많이 안쓰러워하지 못한다

KBS 별관 근처에 오드리 헵번 카페가 있었다
인테리어가 좋고 조용해서 주말에 책 읽기 좋았다

그 카페 인테리어로 놓인
오드리 헵번 소품들과 화보집들 사진을 보다
문득 얼굴이 나를 닮았다는 생각이 들었다

코가 비율 파괴적으로 큰 거
눈이 소처럼 큰 거

인종, 성별, 미모가 터무니없이 다른데
생김새가 비슷하다고 느낀다. 얼핏

간절함

하늘에 닿아라 내 정성아

이 푸닥거리에서
나는 어디 서서 손 모아 비비나

지성至誠으로 치성致誠 드리는 저녁
향 연기가 매캐하다

詩作노트

나는 간절했던 적이 있는가
정말 간절해서 슬플 정도
간절해서 눈물 흐를 정도로
바랐던 것들이 있었던가

이것만 이루어진다면
죽어도 좋다는 바람希求을 가진 적이 있었던가

세상사를
돈 들여 하는 푸닥거리에서 손 모아 비는 정도로
그저 좋은 결과만 바라왔던 것은 아닌지

태도 불손하게
내용 불량한 바람希求들로만

십자가에서 내려지는 예수

골고다 언덕을 오르실 때
그 걸음 그 고통 속에서도
"저들을 용서하여 주십시오.
그들은 자기가 하는 일을 모르고 있습니다"

아직도 모르지만
저는 이제
걸음걸음 참회할게요

늘어진 시신이 십자가에서 내려진다.

그러자
덜해지는 맘 아픔
이제 육신의 고통은 없으시지요

도미네 쿠오 바디스 Domine, quo vadis?
어딜 가세요 주님

저는 이 땅에 있어요
가지 마세요

우리가
수십 세기를 참회하고 있어요

 詩作노트

신이 이 땅에 같이 계셨으면
승천 안 하시고 지구 상에서 영생하시었으면

면역체계

살아보니 자주 병들고
그때마다 꾸준히 낫는다

면역체계 작동이 끝나면
나는 이 세상에서 끝

신체활동 모든 것이 신비롭다
호흡, 박동, 소화, 순환, 생식 등등

우리가 병과 싸우는 면역체계라는
추상적, 비구상적 존재는 더욱 대견하다.

육안으로 볼 수 없는 면역세포들이
우리의 건강과 존속을 관리해준다니...

먹고 산다는 것

먹는다는 것
먹고 산다는 것
고귀하다

심지어 먹을 거 달라고 아우성치는 것
용납이 된다

"밥이 하늘이다"라고까지 했거늘

세상에서 중요한 소리가
저작咀嚼과 흡입의 소리

먹는다는 것은
매일매일 할 일

시키지 않아도
하지 말라 해도
하고 싶지 않아도

방금 했거나
지금 하거나
곧 해야 할

살아가는 데 아주 중차대한 미션
종교적 행위

삼종기도三鐘祈禱 Angelus[*]
하루도 거르지 않는 메카를 향한 살라salah[*]

누구든
먹어야 산다
먹으려고 산다
아니 인과관계도 전후 관계도 아니다

다들 그냥 먹고 산다

먹는 것을 중시하는 중국에서 널리 인용되는 말
원전(原典)은 한고조 유방의 책사 역이기의 말: 왕은 백성을 하늘로 삼습니다.
백성은 밥을 하늘로 삼습니다王者以民爲天 而民以食爲天

삼종기도三鐘祈禱 Angelus
세 번 종을 치면 하는 기도
아침 6시, 낮 12시, 저녁 6시
밀레의 만종의 제목이 이 삼종기도The Angelus이다

살라salah: 이슬람이 하루 5번 메카를 향해 절하는 것

맹자의 "무항산 무항심"

고은의 만인보중 "소도둑"
"밥 먹을 때 오래오래 씹어먹어라. / 예"

먹자
살자
먹고 사는 것은 종교이다

명심銘心 하련다

"너는 죽지 말거라"* 君死にたまふことなかれ

1900년대 초 일본 여류시인 요사노 아키코의 시詩의 제목:

1904년 러일전쟁에 참전한 남동생이 무사히 돌아오기를 바라는 시를 발표하여 사회적인 비난과 호응을 동시에 받는다

詩作노트

언제나 어느 사회나
당대의 군중심리the Irrationality of Mass
당대의 역사의식
당대의 철학 논리에 매몰되지 않고

역사의식과 통찰력을 갖고
말하고 실천하는 선각자가 존재한다
시대의 양심이라 부른다

이들은
지성과 능력이 출중해서라기보다는
속한 사회계층/이해집단에서 걸어 나와
인간이 "생물로서 존엄하다는 생각"을 양심으로 느끼고
그 양심을 표출한다

그리고
죽는다는 것

나라를 위해서든
가족을 위해서든
대의명분을 위해서든
가슴 아픈 일이다

"너는 죽지 말거라"라는 제목의 시는
본문도 구구절절 대담하고 신랄하다

당시 일본 제국주의자의 간담을 서늘케 하고
그들의 분노를 샀음이 틀림없다

죽지 말고 살자

무라카미 류는
에세이 "자살보다는 섹스自殺よりは SEX"에서

'세상을 비관하고 장중하게 자살할 바엔
차라리 퇴폐와 일탈과 방종을 하더라도 살아라'
라는 취지로 현대 일본 젊은이들의
자살추세를 한탄하는 글을 썼다

우리는
일단 살자
죽지 말고...

제 3 부 인생人生

삶이란 전쟁이 끝날 무렵

패전 국민의 안도감
승전 국민의 허무함

詩作노트

인생은 어찌 살아도... 결국은

삶에 악보는 없다

1

못갖춘마디가 제법 많은 삶의 악보

메트로놈에 맞추라 하는데
자주 놓치는 삶의 박자

젊은 한 때는
격렬한 살사춤
가벼운 메렝게Meringue 추다가
흐물거리는 리듬에 지친다

땀 차는 욕정의 기미만 남긴 채
지쳐 주저앉는다

화려한 라쿰파르시타
어설픈 탱고의 스텝
어색한 격식이고
익숙지 않은 삶의 박자감이다

2

살다 보니
힙합과 랩에 삶의 박자를 맞춘다
리듬 놓치면 반야심경 외듯 읽으면 되고
멜로디를 몰라도
강약이 엇박자여도

말 안 되는 단어와 문장들로
주절주절 이어간다

의미가 안 통해도
박자가
4비트 8비트 16비트여도 좋다
one hand & two hands*

뻔뻔해지고 끈질기게 살아가는 세상

못갖춘마디든 도돌이표든
장조든 단조든
자진모리든 휘모리든
이어만 가라

오래된 트로트라도 흥얼거리면서

이어 가라
이어만 가라

드럼 연주의 박자

詩作노트

균일한 삶의 박자로
메트로놈에 맞추어 살기 어렵다

변주와 못갖춘마디들로 구성된 삶의 악보

남이 쓴 악보 자체를 보지 말라

랩 하듯이 주절주절 대도 좋다

보헤미안 랩소디
프레디 머큐리의 아카펠라 절규도

엇박자의 살사 스텝도
탱고의 2박자 빠른 리듬
미끄러지듯 걷는 3박자 스텝도

틀 없는 화성和聲의 재즈 변주로 살자

악보를 만들어 보지만
악보에 맞추어 연주 못하는 인생

격렬한 살사춤같이 정열과 일탈로도 살아보지만
그럴수록 지치고 힘들다

절룩 걸음 같은 탱고 스텝은 엉키고

이제는
드럼의 혼란한 비트
랩의 의미 난해한 가사
힙합의 빗겨가는 박자로

뜻대로 맘대로
악보 없이 부딪히며 사는 게 인생

불러보지 않은 트로트라도
악보 몰라도 익숙한 감정으로
감感만으로
흥얼거리면서 살아간다

삶에는 악보가 없다
즉흥 변주만이 이어진다

인생 반성 人生 反省

1

예전부터 나는

판단 빠른 기회주의자
계산적   이기주의자
흥분한   민족주의자
말 앞서는 이상주의자

정신과 행동의 흐름이
직류直流와 교류交流로 빠르게 교차하는

좋게 말해
피로한 노력가라 이름 지을 수 있다

2

남의 괴로움으로는 다가가지 않았다

천성적으로
감정이입이 약했고
감정이입을 천시했다

이젠

공감해도 실천 안 하는 소극주의자
자기 일 아니면 무감각한 방관자
불량한 태도와 언사의 냉소주의자

감정이입empathy과 공감sympathy기능을 거의 잃어간다

줄곧
종교는 긍정하면서도
여전히
신의 은총을 의심한다

3

세상은 혼자라는 외톨이 신념

스스로를 혼자 있게 하고
외로움과 고독을 안으로 선언한 자

아웃사이더 심성과 말투인데
인사이더로 살려 아등바등 매달린다

니힐nihil을 읊조리면서
세끼 밥은 꼭꼭 챙겨 먹는다

애초에 성공 의지도 없던
나약한 심성

쉽게 포기하고
좌절조차 진지하지 않다

애매한 결과로도
만족하며 살아간다

4

안디고
고치지 않을 인생 반성

이대로 살아야 할
나의 한계

영원히 탈고脫稿없는 반성문을 쓴다

겨울에 흐르는 강江

추운 밤엔
소리가 혼절昏絶하고
정신은 분절分節한다

해독이 어려운 비난
거부감 주는 강한 의견
불유쾌한 사실들

너무 늦었다

겨울 풍경들
너무 늦은 걸 후회하는 표정

멀리 강江이 흐른다

남의 세상을 들여다보고
나의 삶을 돌아봐도

습관과 타성으로
양육되는

나는 아직 유아乳兒
너는 여전히 태아胎兒

My Mother!
신이시어
어머니시어

아직 얼지 않은 강江에서
걸어 나오시어
유약한 나를 굽어살피소서

이번 겨울에는 강江이 흐른다
다행히 아직 얼지 않은 강

연속되고 마구 섞여 있는 정신이
추운 날
가혹한 날에는 작은 생각들로 또렷이 분절된다

생각이 집중된다

습관과 타성으로 살아온 우리는
아직은 태아이고 유아

자기 정신을 가지려 하지 않는 소아병적 의존 성향

겨울은 모든 게 늦었다는 각성을 준다

추운 겨울
삶의 잘잘못을 후회한다고 한들
이미 늦었을지도

겨울 풍경은
이젠 늦었다는 표정을 짓는 듯하다

하지만
아직 얼지 않은 강이 멀리 있다

겨울의 희망
삶의 희망이다

어머니가
아니면 신께서

얼지 않은 그 강에서 나오셔서
유아처럼 타성으로 사는
나를 구원해주었으면

너무 늦지 않았으면...

얼지 않은 강은
곧 혼절할 듯한 삶의 고달픔
그리고
순간순간 분절되는 내 정신의 희망이다

아직 늦지 않았다
아직 늦지 않았다

우리는 신을 찾듯 엄마를 찾는다
My Mother!!!

엄마는 구원의 희망이다
강이 아직 얼지 않아서이다

비밀스러운 심부름

나의 삶은
불온不穩하지 않은 세속
음란하지 않은 일탈

도덕과 윤리는
내 편한 대로 해석

낭만을 찾고 유랑을 꿈꾸나
먹고 사는 일에 성실

강자에는 결국은 약해지나
약한 자에는 모질게 굴지는 않는다

불타는 정의감 없으나
반듯한 마음가짐

나서지는 않는데
재미있고 좋은 일은 기웃거려본다

결국 보면
매사 대충대충 적당히

내 삶
모든 게 석연치 않고
잘 정의되지 않는데...

이제 생각난다
옥황상제가 속세로 내려가는 나에게 하신 말씀

"알아서 잘 살다 오너라"

이생에서는
알아서 잘 살다 가면 되는
비밀스러운 심부름 온 것

그래서
명확하지 않게
정돈되지 않게

내가 혼자 알아서 잘 살고 있는 중

기독교에서 직업을 calling(소명)이라 하는데

우리 삶 전부가 신이 시키신 심부름일 수도

우주를 주관하는 절대자는
하느님이든 알라신이든 여호와이든 시바의 여신이든
옥황상제이시든

장엄한 종교적 미션으로
엄격한 율법과 정돈된 도덕의
대단한 삶을 살라고 보낸 게 아니라

비밀스럽게 귀띔하시기로는
"그냥 알아서 적당히 잘 살다 오라"

멋대로 살라는
자유 의지

여러 가지 삶 중
알아서 골라서 살라는 선택 의지를 주신 것

기다림

아침마다 가까스로 일어난다
아주 가까스로

그리고는
하루 종일 기다린다

사람을 기다리는 건 아니다

막연한 기대
서글픈 바램이

종일
종일이 이어져서 평생

무엇을 기다린다

결국
잠도 가까스로 든다

평생
이렇게 하루하루 잠든다

詩作노트

욕망과 바람希求은 이어진다
매일

누구를 기다린다는 것도
그가 나에게 줄 수 있는
무엇을 기다리는 것

사람과의 관계도 물질적 욕망과 치환된다

일하고 만나고 고민하고 말한다

결국은
기다리는 것을 얻지 못하고
하루를 마친다

한 생애를 바람希求만 갖다가 마무리하는 게 인간

매일
결핍과 결여의 감정 때문에 잠들기 쉽지 않다

유물론적이든 유심론적이든
모든 결여는 허전하다
기다림은 안타깝다

일식 日蝕

인생길 때때로
일식 같은 어둠

북구라파 짐승들의
거친 호흡 소리가 들린다

얼음처럼 차가운 공기

많이 지친 다리
바람조차 버겁다

멀리 불빛 하나
북국北國의 신기루일지도 모를
가냘픈 불빛을 향해 걸음을 옮긴다

詩作노트

'절망보다 나쁜 게 희망'

우리는 현실이 어떻든 그 현실보다 나아지려는
희망을 꾸준히도 갖는다

전신마취 앞둔 수술실
춥고 밝은 조명에서는
북국의 신기루 같은 불빛이 보인다

그 불빛은 절망 속의 희망이다
일식 같은 낮에 차가운 신기루를 본다

망부가忘婦歌[*]

당신의 체온이 남아있는
빈 이부자리

달빛 들면
흐르는 눈물이 베개를 적신다

죽은 남편과 떠난 남편을 그리는 망부가 忘夫歌
여기서는 忘婦歌: 남자가 여인을 그리워하는 노래

詩作노트

남자도
옆에 있다가 이제 없는 여자를 그리워한다
눈물도 흘린다

영원히 볼 수 없는 사이일 때는
더욱 비현실적인 그리움에 시달린다

조선조 선비들의 忘婦歌를 담은
'빈 방에 달빛 들면'이라는 책이 있다

그중 한 구절
"고요한 밤 달빛이 창에 비칠 때면 교교한 달빛과
어른거리는 그림자"

외로움과 아쉬움이 극치적 서경敍景

애야

눈물을 닦아줄까
더 울고 싶니
마음까지 상처받지는 말아요

애야

'나만'이란 생각은 갖지 마
'너만'이 아니란다

다들
대부분
우리는
너처럼 외롭고 쓸쓸해

애야

이제 눈물을 훔치고
잠을 자렴
눈을 붙이면 잠들고
잠 깨면 또 하루가 오잖아

애야

너의 삶의 연주演奏는
치고 싶은 대로

그래서
한 뼘이라도 후회 덜한 삶이 되게

애야

세상은 꿈을 크게 가지면 힘들지만
세상을 꿈 없이 살면 너무 허망해

가벼운 꿈들
아주 가기 쉬운
아주 이루기 쉬운 것들로만
몇 개의 꿈은 가져봐

애야

삶은 쉽지 않지만
미리 걱정할 만큼 어렵지도 않단다

그냥 지금처럼 살아가면 될 듯

잘 살아왔고
잘 살 수 있으니

詩作노트

삶을
박자나 행군속도에 맞추어 살아갈 게 아닌 듯하다

모두가 걸음걸이 틀릴까 봐 걱정한다

작고 이룰 수 있는 꿈만 갖고
나만의 보폭으로 걸어간다

눈물 상처 좌절 걱정...
잠들고 잠 깨고

삶은
쉽게 보면 어렵고
어렵다 각오하면 제법 쉬운 거

천사를 사랑한다는 것

너의 순수함은 나한테는 절망
제발 적당히 타락해주면 안 되겠니

詩作노트

사랑의 감정은 육체적 욕망과 뒤섞인다
순결의 반대가 불결은 아니다

사랑하는 여자는
플라토닉 천사와 에로틱 천사 둘 다

가을 남자

나 이제 가을처럼 성숙한 인간

삶에 조금은 지치고
사랑에 꽤나 큰 아쉬움을 간직한 한 남자일 뿐

詩作노트

사회생활에는 성숙한 태도 가져도
삶에 지치고 무료한 느낌을 가져도

사람들은 언제나
다시 사랑이 다가올지 모른다는
설렘으로 꿈꾸고
기대감을 갖는다

첫사랑의 밤

연속되는 놀라움
온전한 사랑으로 가득한 이 밤
우리는 행복한 연인

일생 오직 한번 누릴
되풀이되지 않을 환희의 이 밤

육체보다는 정신이 더 활약하던 밤

詩作노트

사랑은
에로틱 & 플라토닉 context 둘 다

처음 해보는 사랑 그리고 그 첫날밤

그 밤의 행위는 육체가 아니라 정신의 것

인생에 바라는 것

인생아
트집 좀 잡지 마라
걸핏하면 트집이야

그렇다고
어설픈 덕담도 하지 마

詩作노트 ～

어느덧
작게는 주변과 크게는 사회가 설정한
도덕 윤리 법 평판에 맞춰
나 스스로 자신의 삶의 기준을 세운다

잔소리하고 트집 하듯
나의 생활은
결과를 가지고 뭐라 뭐라 나한테 지적질을 한다

그리고 나는
자기 위안과 자기 합리화를
지인의 어설픈 덕담같이
자신에 하면서 살아간다

새로운 습관

나한테 따뜻하게 말하기

마지막

삶은 필연적 패배
부유와 빈곤 모두

생生은 태생적 유한
아주 짧은

종교만이 위안

결국 끝나버리면서 암전暗轉

좀 더 빛을*

괴테의 마지막 말

이번 순례巡禮에서의 자화상

1

자기 최면의 삶
중요했던 건 표면

우쭐거림 후 낙담
바로바로 통각痛覺하는 부끄러움

남을 무시하고
자신은 괜한 모욕감에 떨고

너무 빠른 분노
비굴에 가까운 타협

과도한 생각 속에 부족한 행동

변덕과 궤변 속으로
곧 없어지던 의미들

조화와 균형 없는
과잉 아니면 결핍, 결여

중요한 일과 중요치 않은 일들의 혼선

이질적 정신과
혼란스런 가치들로 구성된 세상 질서를
부정하면서 긍정하면서

종단과 횡단
갈지之자 걸음

2

매번 혹은 자주
느끼는 불안

미흡했던 숙면
만성적 수면 부족
시달리던 불면

긴 호흡의 음주
깊게 들이마신 담배
쾌락보다는 고통스런 기억

연이은 잔병치레
빈번하게 조여 오는 가슴

가벼운 우울증
오래된 심기증心氣症*

3

짧은 삶 같지만 제법 긴 시간을 살았다

자부심은 무의미하고
자존심이 부끄럽다

늦게 깨닫는 부끄러움이
많이 부끄러운
심오한 단상 끝의 해학적 자조

다행히도
인지부조화*는 줄었다
희망이 현실로 퇴행되며

또 하나 다행인 건
몸은 힘겨워도
삶의 고단함은 덜하다

마음자리가 편해지고 있다

무종교인의 순례

심기증·心氣症 hypochondria
건강 염려증 "건강에 문제가 없는데도 지나치게 병을 두려워한다"

인지 부조화
반대되는 믿음과 가치를 동시에 지니는 것.
기존에 가지고 있던 것과 반대되는 새로운 정보에서 받는 정신적 불편함

삶이 소풍 같았다는 시인도 있으나

나의 삶은 순례와 같다
걷는다
무료하다
목적을 세우고 노력한다
참회한다 희망한다

이번 생
오래전 출발한 순례

고결한 순례 중에 마주치는
세상의 가치관과 도덕들이 혼란스럽다

바뀐다
발전하기도 퇴보하기도 한다
사회기준으로 보면

나이 든 수재의 한탄

나이가 들면서
머리가 좋다는 게 너무 힘들어
바보 같은 이 세상

또 밤을 지새우다

생각마다
도리질 치며
날밤을
꼬박 새웠나 보다

커튼 친 창문으로 날이 밝아온다

해 떠오르니
그제야
끄덕이게 되는 새벽

피로함과 함께 오는
지침의 납득

詩作노트

밤에는 잡념

특히 잠 놓친 야밤

죽을 듯이 피로해도
정신이 맑아지다가 혼미해지다가를 반복하면서
잠은 들지 않는다

비관과 걱정과 우울 인자들이
춤추는 밤이 지나
아침이 오면

어젯밤의 고민은
일상으로 놀아가는 체념과 납득이 된다

'말도 안 돼'하며 부정하던 것들도
아침에는 지친 정신과 피로한 육체와 함께
체념한 납득으로 다독이며 일상을 시작한다

어린 시절

희망은
발 편한 쿠션 좋은 스니커

경쾌함으로 길을 나선다

꿈은
뒤에서 불어주는 바람처럼
발걸음 가볍게

앞에 걷는 날씬한 언니의 날리는 스카프가 아름답고
지나쳐가는 탄탄한 몸매 오빠의 스킨로션이 상큼하다

꿈과 희망으로
명랑한 하루하루를 사는

나는 어린아이

詩作노트

어릴 때 새 신발
희망 경쾌함 명랑함 꿈

기분 좋은 바람이 분다

같이 걷거나
마주 오는 사람들이 정겹고 사랑스럽다

소풍 전날 저녁
배낭 가득 엄마가 사준 군것질거리
과자 초콜릿 사탕 빵

동심의 유년기
소년기는
들뜬다

행복하기 쉬웠던 시절
어린 시절이다

나는

1

나는 고결하지도 비천하지도

시시한 삶을 살지만
나는 끝까지 의연하다

그럴듯한 포장도
자기 미화도 없다

삶은 생활

2

나는
종교로는 설명이 안 되고
종교로 제약되지도 않는다

나의 현실은 부단히 구원받는다
내가 나를 긍휼矜恤히 여긴다
내가 나의 죄를 사한다
내가 나를 구원한다

놀라운 자기 회복
뒤집힌 배의 복원력이
나의 단전丹田에 모인다

삶은 종교가 아니다

3

나는 육신이다

정신이 육체를 지배하지는 않는다
차라리 육체가 정신을 지배한다

몸이 가자는 대로 징신이 따라간다

육신의 질주에
나의 정신이 항상 뒤처진다

태어나고 자라고 크고
늙어가고 그리고 아마도 죽을 것이다

삶은 생물生物의 물질대사物質代謝

4

나의 삶에는 거창한 진리도 없고
생生과 사死의 연결고리에
원대한 윤회도 없다

윤리와 도덕은
나의 말을 지배하지만
태도에 영향을 주지만
행동거지를 비틀지만

진정한 나의 정신과 육신을 지배치 못한다
뱃속 깊숙이 나만의 도덕과 윤리가 있다

이들로써
스스로를 구원
스스로를 치유한다

기氣를 쓰지 않고
나는 살아간다

詩作노트

삶은 철학이 아니고 생활

살면서 종교를 믿어도
종교 자체가 삶은 아닐지니

생물학적 육체적 동인動因이
삶의 대부분을 지배한다

돈 육체 가족 명예 호르몬

일상의 물질대사物質代謝가
태어나서 크고 늙고 죽는 생물학적 변이가
삶의 대부분을 지배한다

내세를 믿든 윤회를 믿든
이번 생이 처음이자 마지막이라고 믿든

기氣를 쓰고 살지 말자
깨달으려 하지 말라
그냥 살자
밥 먹고 살자

일력日歷을 뜯어내며

할머니 방에 있는 일력 한 장을 뜯어내니
오늘이다

이제
어떤 일을 하며 하루를 보내나

내일 아침
나는 다시 하루를 지울 것이다

할머니는 꼭 일력을 쓰셨다
노안이시기도 하고
하루하루가 한 달같이 소중하셨나 보다

할머니나 작은 시계방 같은 데서 쓰던 일력은
어제 오늘 내일을 구분해줄 것이다

하루가 소중하지만
지루해지기도 한다

자수自首를 앞둔 이 밤

술 마셔도 취기가 없다
내일부터는 오랜 단절

라면이 먹고 싶다

항상 심한 운명은 이렇게 다가온다
저벅저벅

詩作노트

내일
자기 운명에 큰 전환이 되는 날

오랜 사회격리 되는
자수하기 전날 밤
큰 수술을 앞둔 밤

대면하고 싶지 않은 견디기 어려운 인생의 굴절

이런 절박하고 벽에 막힌 심정에서는
어릴 적부터 너무 익숙한 라면 한 그릇을 먹고 싶다는 생각

'심한 운명'은 오지 말라고 팔 저어도
째깍째깍 시긴은 가고
저벅저벅 다가온다. 항상

기지개

1

아침에 일어나면 기지개 크게
엄마가 차려주신 아침밥 꿀꺽
오늘도 해보리라 입술 깨물고
또렷한 눈빛과 힘찬 걸음걸이
다가오는 내 하루로 길을 나선다

2

눈뜨자마자 큰 기지개 쭉쭉쭈욱
아침 양치 힘차게 치카치카
거울에서 내 눈빛 반짝반짝
엄마 아빠 큰 소리로 인사하고
집 나서는 발걸음 휘휘 휘파람

詩作노트

어릴 때 쭉 켜던 기지개
이를 흐뭇하게 바라보시던 엄마

어린아이가
아침 먹고 힘차게 학교로 가는 모습
그리고 매일 하루하루 달라지게 커가는 진취성

활기찬 어린아이의 upbeat 하루

슬픈 날 아침

온통 슬픔뿐인 날에도
아침에 눈이 떠진다

그리고 슬픔과 같이 출근한다

詩作노트

엄마가 돌아가신 다음 날 아침에도
일어나 장례절차를 진행한다

말하기 싫은 표정으로
세상을 쳐다보지는 않고
그냥 세상 속으로 들어간다

아이러니하게도
일상은
견디어 내는 고역

인생아 제발 나를 꾸짖지 마라

인생이
억양 심한 사투리로 나에게 말했다
매번 듣기 거북했다

힘든 삶의 굴곡마다
야단치듯
거보란 듯

이제 제발
그만해라
야단친다고 사람이 바뀌니

문신文臣으로 살 거니
무인武人으로 살 거니

1

무인武人처럼
단순하게

인생과 상의하지 않고
앞의 장애를
치고 베고 나간다

싸우다 다친 상처쯤은 문제 아니고
말 휘몰아 달리다 낭떠러지에 이른다

혹은

2

문신文臣처럼
생각 많게

삶과 길게 대화하고
궁지窮地를 다독이면서
스스로에 좌절하면서 안위하면서

크게 다치지 않고
낭떠러지 근처에도 안 가고 살 건지

詩作노트

살다가 좀 다치고 상처받아도
Move on!을 외치면서 툭툭 자신을 던지면서 살 건지

꼼꼼하고 조심조심 미리 결과를 고민하면서 살 건지

타고난 취향이겠지
결국 사는 방식은

삶이 맘에 안 드는 건

찰나의 쾌락도
순간의 열락도 쉽게 사라지고

안도 기쁨 행복은 짧게 기억되고

밭은 호흡의 걸음이 다시 시작되고
무미한 현실들이 길게 이어진다

詩作노트

즐거움 쾌락 기쁨 안락
이런 좋은 감각은 짧고
대부분 시간은 무의미한 혹은 무미無味한 삶
가쁜 호흡으로 살아가는 게 우리의 숙명

생명의 서書

– 유치환의 "생명의 서書"와 같은 제목 –

오늘도 걷는다
돌아가는 길을

오던 길을 돌아가는지
처음 가는 길인지
중요치 않다

어디서 왔는지
어디로 가는지도

이번 생生의 전前과
이번 사死의 후後는
중요치 않다

나는 그저 돌아간다
I must get home[*]

나의 뜻도 아니고
누구의 뜻도 아니다

그곳이 고향인지
오래전 머물던 엄마의 자궁 속인지
정자와 난자로 분절되는지

또한 중요치 않다

그 곳

고통보다는 쉼
가쁜 호흡보다는 고요한 안식
바쁜 생성보다는 흐느끼는 적멸寂滅이 있다

존재하지 않기에
들리지 않는다
보이지 않는다

느낀다
그곳은 고향의 관념처럼
탄생 전 모태의 감촉처럼
삶에서 편안했던 순간들의 응축

이번 삶의 빅뱅 이전의 고요

어쩌면
작은 새의 지저귐
흔들리는 나뭇잎의 바람 소리
사랑하던 이들의 속삭임이
아득히
기분 좋게 들릴지도

돌아간다
오늘 하루도
그곳으로
I must get home

멈추어 있으려 해도
그곳이 다가온다
다음 삶으로 들어가는 블랙홀

다음 생이 없어도 좋다

거기가 진정 끝이어도
육체도 영혼마저도
존재가 유有에서 무無로
사라지는 곳이어도

I must get home
나의 뜻이 아니다

이제 하루하루가 편안해진다

죽음 전에는 힘찬 생명이다

영화 "Life"
1955년 초
Life 지가 떠오르는 스타 제임스 딘을
표지 사진 및 특집으로 싣는다

그중 하나가 고향집에서 시집을 읽는 사진

영화에서는
사진작가 Dennis Stock이 촬영 시 그가 읽는 시가
James Whitcomb Riley란 시인의
"We Must Get Home"

그리고 제임스 딘은 같은 해 1955년 9월 30일에
24세로 사망한다

"Life" 지가 제임스 딘의 이른 죽음을 시사하는
아이러니

엄마는 그리움

엄마는 그리움

가까이 계실 때나
멀리 가신 지금이나
엄마는 그리움

애틋한 그리움

내 생각만 하면 눈물이 난다고 하셨는데
내가 지금 엄마 그리워 눈물을 훔칩니다

같은 하늘 아래 살아도
엄마 생각에 눈시울 붉어질 때 있었는데

이젠
흐르는 눈물과 함께 그리워합니다

살아실 때는
흐뭇한 그리움

이제는
안타까운 그리움

엄마는 언제나 벅차오르는 그리움입니다

어머니가 돌아가셨다. 10월 27일

슬플 때

아침 눈뜨자
어제 남은 술을 마신다

작취昨醉가 미성未醒인데

소년심少年心

중간중간 힘들고 스러지고 싶을 때
지탱해준 소년심

위인전
애국심
가족애
남자다움
정의로움
선공후사

용기 의지 인내

이들 소년심 덕으로
지탱해왔네

어릴 때 책은
어릴 때 부모님은
어릴 때 선생님은
어릴 때는 누구나가
옳고 바르고 용기 있게 살라 한다

인생을 지탱하는 도덕 윤리 의협심 사랑 등은
소년 시절에 들어박힌 그 소년심

소년심이 퇴화되고 변색되면서 살아가는 것이 인생이다
언제나 반듯하게 살려고 할 때는
그 소년심을 살려 낸다

소년심은
어른 되어 퇴행하고 퇴화되어
잘 나타나지 않지만

깊은 가슴속에는
정의로운 생각을 할 때

정말 옳다고 믿으며
용기 있는 행동을 할 때

어릴 적 소년심이 작동한다

자라투스트라가 말한다

말言도 웃음도 없이 걷는다
생각이 많다

생각이 파동波動되어
함께 걷는다

걸음 소리와 생각의 음파音波만 들리는
여기는 어디
대지大地의 한가운데이다

이제 걸음을 멈추고
나 여기 사명감으로
견딜만한 중압감으로 서 있다

산다는 무게에
일부 옳은 생각들이 끊어져 나간다

생각을 덜하는 시간들이
나에게는 편하다

이제
자라투스트라가 이렇게 말한다*
Thus speaks Zaratustra
'낙타에서 사자에서 어린아이로'

낙타의 짐을 내려놓고
사자의 칼을 버린다

초인 되려 한 범인凡人
대인 되려 한 소인배小人輩

세속 풍파에도
대인大人은
초인超人은
어린아이의 꾸밈없는 마음*

들판을 달려온 수말馬들의 근육
스며 나오는 땀

이제 망아지처럼 작은
어린아이들이 내는 초인적 힘

사회의 지탱이다

니체의 원저
자라투스트라는 이렇게 말했다
Also Sprach Zaratustra: Thus spoke Zaratustra의 현재형

니체의 어린아이
자유로운 생각을 가진
비판, 억압과 구속으로부터 자유로운 초인
망각, 놀이, 긍정, 의지

맹자 적자지심赤子之心
대인이란 그의 어린아이 때의 마음을 잃지 않은 사람이다
大人者, 不失其赤子之心者也

詩作노트

니체의 인간의 단계를
남의 짐을 지고 가는 낙타
자신의 능력과 뜻을 펼치는 사자

궁극적으로는 어린아이

편해지자
생각나는 대로 살자
도덕도 관습도 의무감도 벗어나자

남과 관계가 아닌
나만의 세상을 사는 어린아이

자라투스트라
니체가 어린아이란 인간개념을 통해
무슨 말을 하고자 했을까

아이의 자유 자유분방함
자기만의 도덕
남에게 해를 미치지 않는 사랑스러움

어른이 다시 아이가 되기 위해서는
초인과 대인이 되기 위해서는

먼저 의무감 책임감에서 벗어나라
구속에서 벗어나라

만시지탄晩時之歎

이제 늦었지만
뒤늦게라도 아끼리
시간, 자연 그리고 나의 주변

너무 늦기 전에
똑바로 살아라 하는
최후통첩

사람들은 헨리 데이비드 소로우의 '월든'에 열광한다

물질과 관습의 사회와 인연을 끊고
월든 호수 숲 속에서
홀로 청아하고 간소한 생활을 영위하며
자연과 인생을 직시하며 쓴 수필

경작 노동 독서 사색 산책 만남 등 여유롭게
실존을 대면하는 월든 호수

과연
풍진에서 세상살이 하면서는 안 되나

도시에도 자연이 있다
독서와 사색과 산책이 가능하다

스스로 이탈하면 된다
욕망으로부터
돈으로부터
인간관계의 구속으로부터
시계의 초침 분침 시침으로부터

늦기 전에

최후통첩이 왔으니

시詩가 좋은 건

며칠 후
유치함에 겸연쩍어질
순간적 감성도

나중에 보면
피식하고 웃음 나올
세상살이에 대한 진지한 체념도

그냥 느낌 가는 대로 쓴다

플롯plot이 없어도 된다
기승전결도 없다

논리 끊긴
술 많이 취한 헛소리도 좋고
단정하고 깔끔한 논리 축약도 좋다

짙은 dirty talk 도
뜬금없는 나라 걱정도
다음 세대에 대한 객쩍은 충고도

병마에 대한 두려움
죽음에 대한 가식적 초연함도

읽어서 아무도 이해 못 하는
쓴 사람 자신도 이해 못 하는
허접하고 추상적인 단어들과
어디서 들어 본 문구들의 나열도

상투성에 무시당해도 괜찮다

친절한 자기주장의
장황한 산문체도

간결한 하이쿠의 촌철살인 할 기세의 어휘들
몇 개를 던져도 다 좋다

지루한 지식
식상한 이미지의 나열도 허용된다

우리말에 이런 표현이 남았나
스스로 놀라는
아름다운 뜻들도 발견한다

이백 두보의 오언절구도
황진이 시조도
가혹했던 인간 정철의 간절한 임금사랑도
담장 밑에 속삭이는 영랑의 간지러운 시구詩句도
나를 시 쓰게 한다

버스 안에서 본 몸 약한 여인의 삶에 대한 추측과 상상도
30년 전 신문의 영인본에서 본 터무니없는 사건들도
나의 시의 소재이다

시공도 성별도 나이도 넘나든다

동요풍도
Ode 頌詩의 각운도
3.4 3.4 의 시조 운율도
판소리의 늘어지고 꺾이는 구절들도
힙합의 허무한 랩들도

모두 다 내가 쓰는 내가 쓸 시의 리듬이자 스타일이다

쓰고 싶은 것을 쓴다
트위터 대신 시를 쓴다
시는 나의 사상과 잡념의 드러냄이다
나의 섣부른 혹은 굼뜬 감성의 노출이다

머리는 단순하게 감성만 예민하게

시는 자유다

내가 시를 쓰고
시는 내게 이야기한다

잘 들리는 수화手話